이택민

자전거도, 외로움도. 가을도 분위기도 잘 타는 남자.

풍광을 바라보며 하염없이 페달 굴리는 순간을 좋아한다.
2022년, 국토종주 그랜드슬램을 달성하였으며, 이듬해 10년간의
자전거 여행기를 엮은 여행산문집《라이딩 모드》를 출간했다.

*일러두기

—실시간 문자 구독 서비스 특성상 비문이 포함되어 있습니다.

—마지막 장에 수록된 플레이리스트와 함께하면 더욱 좋습니다.

책을 펴내며

이 책은 2023년 9월 19일부터 28일까지 발행한 문자 구독 서비스
〈타기 좋은 날씨〉를 기반으로 만들어진 자전거 여행 산문집이다.
해당 구독 서비스는 짐을 최소화해야 하는 여행 특성상 뉴스레터가
아닌 MMS를 통해 진행되었다.

자전거 여행 코스는 동해에서 부산, 부산에서 수원으로 올라오는
루트로 열흘간 약 1000km의 국토일주를 계획했다. 매일 밤
생생하게 적어낸 여행기를 발송하였으며, 10편의 여행기에는 높아진
가을 하늘 아래 부단히 페달을 굴린 하루하루가 고스란히 담겨 있다.

책을 읽기 시작한다는 건 자전거에 올라타 페달을 밟는 것과 같다.
자신이 페달을 굴리는지도 잊은 채 앞으로 나아가듯 이 책의 마지막
페이지에 당도했으면 하는 작은 바람이다.

2024년 가을

이택민

차 례

Day 1. 건강해지기

도망치듯 동해로 넘어왔다. 전날 밤 새벽 세 시쯤 잠들었고, 새벽 다섯 시에 일어나 시외버스를 탔다. 버스에선 내내 잤다. 비몽사몽 눈을 떠 터미널에 내렸는데, '여기에 왜 왔지?' 싶었다. 도망친 곳에서 나는 무엇을 마주할 수 있을까. 일단 달리다 보면 여행의 의의를 찾을 수 있을까 싶다가도 꼭 여행에 의미가 있어야 하는가, 하는 체념으로 이어진다. 고민도 잠시, 가야 할 길이 멀다. 울진까지 90km를 달려야 하는데 이미 오전 11시다.

점심을 먹기 위해 들어간 밥집 이름이 "밥집"이다. 그곳에서 뼈해장국(과연 이번 여행에서 국밥을 몇 그릇 먹을 것인가?)을 한 그릇 비워내고 나오는데, 눈앞에 나비 한 마리가 아른거린다. 나비는 저 혼자 날갯짓을 했을 뿐인데 그 모습을 바라보는 내 마음에 괜한 바람이 분다. 벽에 기대어 스트레칭하고 선크림을 바르고 구독자분들이 추천해 준 플레이리스트를 틀고서 페달을 밟기 시작한다. 시내를 빠져나가기 전, 길 건너로 귀여운 간판이 보인다. 건강해지기. 그래, 나의 이번 여행 테마는 "건강해지기"다. 몸도 마음도 건강해져서 돌아가자. 꽤 괜찮은 테마다.

*

오늘의 거리: 89km (시작 11:31 / 종료 19:23)

오늘의 노래: 밍기뉴 – 라일락 꽃: 첫사랑, 젊은 날의 추억

p.s.

해가 저문 저녁, 울진에 도착했습니다. 샤워를 하며 바디워시로
입었던 옷가지를 물 빨래했고, 지금은 침대에 걸터앉아 맥주 한 캔
(실은 두 캔 샀어요)을 마시고 있습니다. 라이딩하는 내내 어떤
내용으로 문자를 보내야 할지 고민했습니다. 여행 일지처럼 길게
써봤다가 이내 지우기를 반복했는데요. 억지로 무언가를 끄집어내기
보다는 진종일 페달을 굴리고 숙소로 돌아온 지금 이 순간에 찾아온
감정들을 전달하는 게 맞다고 판단했습니다.

저의 첫 구독 서비스를 신청해 주심에 첫 번째 문자를 빌려 감사의
인사를 전합니다. 당신이 추천해 준 노래 덕분에 무료하지 않은
여행이 될 것입니다. 참, 내일은 오늘보다 긴 130km를 달려야
하는데 비 소식이 있네요. 그래도 어떻게든 되겠죠? 차라리 비라도
홀딱 맞았으면 좋겠습니다. 말이 길어졌네요. 그럼 내일 밤에 또
찾아뵙겠습니다. 편한 밤 되십시오.

Day 2. 헤매는 자, 모두 길 잃은 것은 아니니

어젯밤 널어놓은 바지가 축축하다. 어깻죽지부터 엉덩이가
뻐근하다. 창문을 열자 울진의 너른 바다가 보인다. 이른 아침부터
할머니들이 무리 지어 어딘가로 향하고 있다. 누군가에게 일상길이
누군가에겐 고행길이다. 나는 왜 지금 자전거에 올라탔는가.
내 요란한 자전거 소리가 그들의 잠을 깨운 건 아닐까. 산새들이
지저귀고 엄마 고양이가 새끼를 데리고 어딘가로 총총 사라진다.

공복으로 20km를 달리고 눈에 보이는 기사식당으로 들어간다.
"사장님, 여기 생선 정식 하나 주세요." 돌아오는 답은 생선 정식은
2인분부터란다. 꿩 대신 닭이라고 생선이 딸려 나온다는 일반 정식을
주문한다. 그런데 생선을 구워주는 게 아니라 있던 생선을
전자레인지에 돌려서 내어준다. 시장이 반찬이라지만 이거 왠지
씁쓸하다. 혼자서 라이딩을 하다 보면 1인분으로 시켜 먹지 못하는
음식들이 많다. 어제는 우렁 쌈밥이 그러했고 전복죽이 그러했다.
어째 혼자서 안 되는 일들이 많다.

빗방울이 떨어진다. 정자에 자전거를 세워두고 다이소에서 사 온
일회용 우비를 입는다. 샛노란 우비다. 길이가 길어 페달 밟는데
거추장스럽다. 얼마 가지 않아 손으로 밑단을 찢는다. 손으로 찢길
정도의 얇은 비닐에 몸을 숨긴 채 달린다. 헬멧 앞으로 빗물이 뚝뚝

떨어진다. 안경엔 물방울이 맺혀 시야가 흐릿하다. 비에 젖은 몸이 무겁고, 비에 젖은 땅이 무섭다. 빗길의 오르막은 오르막대로 힘들고, 내리막은 내리막대로 어렵다.

비를 맞으며 부단히 페달을 밟는다. 반면 왼편에 펼쳐진 바다는 어쩐지 아무렇지 않아 보인다. 비가 멈추지 않는다. 바다는 비가 되고 비는 바다가 된다. 페달이 멈추지 않는다. 나도 길이 되고 길은 내가 될까. 누군가는 인간이 호르몬의 노예라 하지만, 나는 오늘, 날씨의 노예다. 비가 와도 출근하는 사람들이 있고, 야외에서 작업하는 사람들이 있다. 줄지어 버스를 타는 사람들이 있고, 가방이 젖는지도 모르고 수업을 들으러 가는 사람들이 있다. 그중에서 나는 비를 맞으며 자전거를 타는 사람일 뿐이다.

이거 안 되겠다 싶어 근처 버스 정류소를 검색한다. 다행히 평해 정류소에서 강구 버스터미널까지 가는 버스가 있다. 현장 발매만 가능한 매표소라 온라인으로 버스 시간을 확인할 수가 없다. 일단 찾아가 보자. 지금 이 상황에서는 앞으로 110km를 (절대) 달릴 수가 없다. 키오스크로 버스표를 예매하는 데 시간이 안 뜬다. 작은 구멍 안으로 매표원에게 버스 도착 시간이 안 뜬다고 말하자, 45분 차가 있으니 일단 결제하란 식의 퉁명스러운 대답이 돌아온다. 매몰찬 태도에 두 번 묻기 애매해 그냥 티켓을 뽑는다. 주변엔 버스를 기다리는 사람들이 많았다.

40분이 되자 버스 한 대가 왔고 기사에게 표를 보여주며 이 표가 맞는지 물었다. 그가 말없이 고개를 끄덕이자 짐칸에 짐을 좀 싣겠다고 했다. 자전거를 눕혀 놓고 구간을 점프(자전거를 타지 않고 버스와 같은 교통수단을 이용하는 것) 하는 것도 콘텐츠가 되겠다 싶어, 버스 짐칸에 자전거를 어떻게 싣는지 보여주고자 사진을 찍었다. 그런데 버스에 올라타는 내게 기사가 갑자기 뭐라 뭐라 화를 낸다. 왜 사진을 찍느냐는 것이다. 친구들한테 보여주려고 찍었다니까, 내 말은 듣지도 않고 자전거 찍힐까 봐(상처 날까 봐) 그러냐는 둥, 그거 찍어서 뭐 어쩌려고 그러냐는 둥 짜증 섞인 목소리로 언성을 높인다. 나를 마치 자전거가 망가지면 악성 민원 넣을 사람으로, 아니 이미 그런 사람으로 취급하며 나무라는 것이었다.

당황한 나머지 그거 아닌데요, 사진 찍어서 죄송해요, 하고 자리에 앉았는데, 이거 또 왠지 씁쓸하다. 저기요. 저 그렇게 자전거 아끼지도 않고, 당신이 생각하는 것만큼 자전거가 약하지도 않고, 한두 번 자전거 타본 것도 아니고, 밥 먹듯 버스로 이동해 봤는데 지금까지 사진 찍는다고 시비 건 사람은 당신뿐이걸랑요? 하고 반박하지 못함에 강구로 이동하는 동안 혼자 열을 냈다.

버스에서 내려 다시 페달을 밟는다. 비바람을 뚫고 포항으로 들어선다. 앞전에 와본 동네라 도로와 간판이 눈에 익다. 영일대가 보이고 그 앞에 조형물들이 2년이 지났음에도 익숙하다. 게하에 도착해 따뜻한 물로 샤워한다. 코인 빨래방에 맡길 비에 젖은 옷들을 가방에 넣고(가방도 같이 세탁한다) 근처 횟집을 찾는다. 여긴 물회를 시키면 서더리 매운탕을 내어주는 훌륭한 곳이다. 일반 물회, 잡어 물회, 도다리 물회. 다양한 물회가 있지만 나는 개중에서 가장 비싼 '참도다리 전복' 물회를 시킨다. 비 맞으며 라이딩한 나를 위한 선물이자, 앞으로의 일정을 잘 부탁한다는 일종의 뇌물이다. 경북 지역 소주 참 한 병을 시켜 느리게 잔을 들이킨다. 물회에 밥을 비벼 반 잔, 매운탕 속 살코기를 찾아 반 잔….

비를 실컷 맞았지만 괜찮다. 따뜻한 물로 샤워를 했기에. 하루 동안 제대로 먹은 거라곤 아침에 먹은 (냉동) 생선 정식밖에 없지만 괜찮다. 이렇게 물회에 소주 한잔 걸칠 수 있기에. 옷이며 가방에 든 물건들이며, 쫄딱 젖어도 괜찮다. 동전 몇 개로 빨래하고 건조할 수 있기에.

젖어도 좋다. 잘 말리면 된다.
헤매도 좋다. 길은 찾으면 된다.

"Not all those who wander are lost."
(헤매는 자, 모두 길 잃은 것은 아니니.)

*

오늘의 거리: 85km (시작 06:51 / 종료 16:25)

오늘의 노래: 문없는집 — Colors of

p.s.

1. 내일도 포항엔 종일 비가 온다고 합니다. 그래서 부득이하게
호미곶엔 못 갈 것 같아요. 경주(문무대왕릉)로 가로질러 간 다음,
울산으로 내려가야 할 것 같습니다. 오늘도 그렇고, 실시간으로
일정이 수정되는 점 양해 부탁드립니다.

2. 사진은 최대한 고화질로, 여러 장을 보실 수 있도록 구글
드라이브에 올려두었습니다. 하단의 링크를 누르시면 해당 일자에
라이딩하며 마주한 장면들을 보실 수 있으세요. 1일 차에 못다
보낸 사진도 함께 봐주셔요. (오늘은 동영상도 많아요!)

3. 혹시 Day. 1 문자를 받지 못한 분이 계시다면 편히 말씀해 주세요.

4. 이렇게 또 늦은 시간에 문자를 드립니다.

QR 코드를 스캔하시면 구글 드라이브에 저장된 여행 사진을 보실 수 있습니다.

Day 3. 비 소식

별 볼 일 없는 나의 하루가 당신이 기다리고 있는 이야기일까?
무소식이 희소식이라지만 나는 소식을 전해야 하는 입장이다 보니
어떠한 비(悲)소식이라도 전해야 할 것만 같다. 물론 비 소식이
있었지만 그도 잠시뿐이었다. 포항에서 경주로 넘어가는 사이,
두 시간 정도 비가 내렸고 그 뒤론 날이 갰다. 우천 때문에 호미곶
행을 포기했는데, 온종일 온다던 비는 내리지 않았다. 그렇게 떠버린
시간에 괜히 늦장만 부렸다. 정자에 누워 눈을 붙이고, 공연히
몇 번이나 카페에 들락거리고……. 오늘은 90km를 달렸는데
힘들지가 않다. 힘든 구간이 있기야 있었지만 견딜만할 정도로
짧았다. "오늘도 무탈한 시간을 보냈습니다." 가 당신이 기다리는
말이라면, 정말이지 고맙다. 그치만 난 죄책감을 느끼며 잠을
청하겠다.

*

오늘의 거리: 91km (시작 07:22 / 종료 17:09)
오늘의 노래: 최유리 – 방황하는 젊음

p.s.

1. 어제 보내드린 구글 드라이브 링크를 통해 여행 3일 차에 마주한 장면들을 만나보실 수 있습니다.

2. 주저리주저리 써낸 라이딩 일지를 덧붙입니다.

4인 도미토리는 끝내 아무도 오지 않았다. 모처럼 푹 자고 일어나 나갈 채비를 한다. 자전거 여행에 여러 묘미가 있지만 그중 하나는 깊은 잠이 들 수 있다는 것이다.

경주로 들어서기 전 카페에 들른다. 화장실을 다녀온 사이 커피와 떡 하나가 테이블 위에 놓여있다. 사장님께 무슨 떡이냐고 여쭤보니 보리떡이라고, 아침부터 고생한다며 하나 먹으라고 한다. 이제 막 자전거를 타기 시작했지만 행색이 어지간했나 보다. 보리떡은 가볍게 먹기에 부담이 없었고, 그의 호의 또한 부담스럽지 않았다. 어제는 멸시를 받았지만 오늘은 맛있는 보리떡을 받는다.

문무대왕릉이다. 파도 한 번 참 높다. 파도와 파도가 부딪쳐 거품을 일으킨다. 소리는 어찌나 요란한지 무당들의 굿소리보다 크다. 해변 깊게 들어오는 바닷물에 놀란 기러기가 바삐 발을 굴린다. 날면 될 것을 굳이 종종걸음으로 달아나는 모습이 웃기기도 하고 신기하기도 하다. 하기야 나도 굳이 자전거를 타고 도로를 달리고 있으니 누군가는 나의 모습이 우습기도 우습겠다.

*

파도가 요동친다. 파도는 넘실대거나 출렁이지 않는다. 파도는
언제나 '요동' 친다. 나는 오늘 요동쳤는가?

*

바닷길을 따라 울산으로 넘어가는 중이다. 해풍이 거세다. 바람이
어깨를 잡는다. 가지 말라고. 떠나지 말라고. 더는 도망가지 말라고.
그의 손을 뿌리치고 나아가는 길이 당최 편치가 않다.

내륙으로 들어가기 위해선 무룡산을 넘어야(옆길만 훑고 지나가는
길이지만) 한다. 네이버 지도의 촘촘한 등고선이 오르막을 예상케
한다. 아니나 다를까 지독한 오르막이 시작된다. 2km 남짓
올라갔을까 길이 평평해진다. 조금씩 바퀴를 굴리기 쉬워진다.
내리막이 길게 펼쳐진다. 반대편 차도로 차가 몇 대 올라오지 않는다.
평소 같으면 내리막에 소리를 지르고 환희를 불렀겠지만 오늘은
그저 페달에서 발을 떼고, 힘을 빼고, 무덤덤하게 굴러간다.
풀리지 않는 문제는 몇백 킬로미터를 달려도 풀리지 않는다.
짧은 여행의 끝자락에 난 어떤 생각을 하고 있을까. 어떤 다짐을
품게 될까. 엉덩이가 아파온다. 슬픔은 이쪽에서 저쪽으로
옮겨가고 있는데, 아픔은 저쪽에서 이쪽으로 넘어오고 있다.

Day 4. 부산스러운 하루

부산으로 넘어가는 길이다. 국도를 타고 아슬아슬 오르막을 오른다.
터미널 근처에서 야무진 한정식을 먹었지만 어째 힘이 안 난다.
비가 그치고 볕이 쏟아진다. 여름볕보다 가을볕이 더 따갑다. 높아진
하늘에서 내리쬐는 햇살에 가속력이 붙었나 보다. 땀이 쏟아진다.
해를 머리에 이고 달리니 바람막이 안으로 땀이 한 바가지다. 차라리
흐린 날씨가 좋았는지도 모른다. 엊그제는 비가 나를 괴롭히더니,
오늘은 햇볕이 그 자리를 대신한다. 자전거 여행자는 날씨에 하루가
좌지우지된다.

안 그래도 아침엔 시내를 빠져나오다 미끄러졌다. 이틀 동안 내린
비로 인해 인적 드문 거리에 물기 가득한 진흙이 쌓여있었고,
속도를 줄이며 그곳을 지나가다 왼편 화단(나뭇가지만 있었다)으로
자빠졌다. 왼쪽 정강이와 허벅지에 옅은 생채기가 났다. 다행히
샌들 안으로 양말을 신고 있어 발은 다치지 않았다.

몇 번의 언덕을 오르자 주유소 옆으로 자그맣게 과일을 파는 사람이
보인다. 누런 배에 홀려 내리막으로 내려가는 자전거를 돌린다.
자리를 지키고 있는 할머님에게 배 한 알도 파느냐고 여쭤보니 일단
앉아보라고 하신다. 자전거를 근처에 세워두고 파라솔 아래 플라스틱
의자에 앉았다. 할머니는 슬며시 파과 하나를 내어주며 먹으라고

한다. "어… 감사합니다."

배를 깎아주진 않고 칼이 든 작은 대야를 내어준다. 나는 아무래도
딱 그 정도의 호의가 좋다. 배와 칼을 함께 내어주는 호의. 손가락이
드러난 자전거 장갑을 낀 채로 투박하게 배를 깎는다. 할머님은
말없이 배를 깎고 한입 크게 베어 무는 나를 바라본다. 하나로마트에
들러서 과일을 사 먹어볼까 했던 며칠 전, 사과는 금값이고
방울토마토는 국밥보다 비쌌다. 그늘막에 앉아 방울토마토를
사치스럽게 몇 알씩 우적우적 씹어 먹는 게 자전거 여행의 낙인데
이번엔 그러지 못했다. 그런 내 사정을 알고 길은 배 상인을
내어주었나?

허겁지겁 하얀 속살을 먹어 치우고 값을 치르려 하자, 할머님은
됐다며 괜한 호통을 친다. 그때부터 이어진 질문 세례. 몇 살인지,
어디서 왔는지, 이렇게 자전거 타고 다니면 부모님이 걱정하진
않는지, 밥은 잘 챙겨 먹고 다니는지. 이것저것 여쭤보는 배 할머님은
손주 생각이 났는지 작은 눈 사이로 눈물이 그렁그렁하다. 나는
그 모습을 보곤 지난봄의 할머니가 떠오른다.

앉아서 이런저런 이야기를 나누다 길을 나서 보겠다고 하자, 내가
시야에서 사라질 때까지 몸조심하라며 손을 흔든다. 아마 자신의
세상 속으로 점점 나아가고 있을(동시에 자신으로부터 멀어지고

있을) 손주들의 뒷모습이 떠오르셨겠지. 나는 머리를 연신 조아리며
내리막을 쏘듯 내려갔다. 배를 먹고 배가 부르다. 배를 먹고 배로
행복하다.

*

갓길을 달리다 보면 길가에 버려진 쓰레기들이 많이 보인다. 다만,
어쩌다 버려진 쓰레기가 아니다. 의도적으로 버려진 쓰레기다.
누구는 검은 봉다리를 달리는 차 안에서 버렸고, 누구는 흰 봉지에
싸서 버렸다. 얼마나 꽁꽁 싸매서 던졌는지 내용물이 흐트러짐이
없다. 안에 든 것도 가지가지다. 분리수거되지 않은 형형색색의
쓰레기들. 분리되지 않은 것들이 한 공간 안에 모여 있다. 언제
발견될지 모르는 한평생을 갓길에서 저들끼리 껴안은 채 비를 맞고
눈을 맞으며 나의 눈초리까지 받아낸다.

국도를 타고 달린다. 31번 국도를 지나 14번 국도로 들어선다.
갓길로 주행하는 내내 아찔하다. 가끔 무성한 풀이 길을 침범하거나
돌부리가 많을 땐 차선에 걸쳐 달린다. 그 옆으로 차가 쌩쌩
지나간다. 자전거가 휘청이고 어깨에 힘이 들어간다. 그렇게 온몸에
긴장을 머금고 승용차와 덤프트럭과 함께 40km 넘는 길을 달렸다.
운전자의 입장에서 나는 차도로 언제 튀어나올지 모르는 일명
"자라니"일 테다(하지만 저는 교통사고 블랙박스 영상 속의

라이더처럼 마구잡이로 운전하지 않습니다).

그렇다고 인도에선 환영받느냐, 그것도 아니다. 부산으로 넘어와
시내를 달릴 땐 몇 번이고 자전거에서 내렸다 탔다를 반복했다.
동해에서 울산을 거치는 동안 마주하지 못했던 인파들이 부산에
모여있는 듯했다. 흡사 서울 시내 같았다. 자전거를 타고 좁은 인도를
누비는 나를 누군가는 볼썽사나운 눈으로 흘겨봤을지 모른다.
난 차도에서도 인도에서도 환영받지 못하는 존재다. 나는 가을날
바닥에 떨어진 은행이다. 모두가 나를 피한다.

국밥이다. 이것은 그냥 국밥이 아니라 아직은 무더운 초가을,
60km를 라이딩하고 먹는 부산 전통 수육국밥이다. 단숨에
뚝배기를 비워내고 부산 독립 서점을 찾는다. 광안리의 밤산 책방과
그 근처 동주 책방. 작게나마 연이 있는 책방지기님들을 만나 뵙고
몇 마디 주고받는다. 오랜 블로그 이웃이 오픈했다던 카페도 찾는다.
에스프레소 한 잔을 주문하고 책방에서 사 온 선물을 건네며 어떻게
카페를 찾아왔는지 밝힌다. "어? 혹시 책편사님?" 하며 알아채는
모습에 다행이지 싶다. 사장님 내외는 이방인을 반갑게 맞아주며
매장의 시그니처 디저트를 내어준다. 그들의 마음만큼이나
밤 마들렌이 달달하이 맛나다.

아까 낮엔 기장을 지나며 대학 후배 녀석에게 안부를 전했다. 마침

그도 며칠 전에 내가 생각나 《불안 한 톳》을 다시 읽었다며,
이틀 만에 후루룩 읽었다는 말을 전해왔다. 서른이 되어가는 자신의
마음을 이미 알고 적어낸 것 같다고 했다. 앞으로도 계속 책을
내달라는 응원 섞인 메시지에, 책 내는 게 녹록지만은 않다고 투정을
부려볼까 하다, 고맙다고, 불금 보내라며 짧은 인사를 마쳤다.

오늘은 부산을 지나 양산으로 넘어오며 꽤 많은 이들과 인사했다.
정작 곁에 있는 이들에겐 안녕을 전하지 못하면서도 적당한 거리를
유지한 그들에게 살갑게 구는 내가 이상하기만 하다.

*

오늘의 거리: 103km (시작 07:19 / 종료 18:45)
오늘의 노래: Rascal Flatts - Life Is a Highway

p.s.

1. 발을 담그는 일에도 큰 용기가 필요하다. 신발을 벗어야 하고
양말을 벗어야 한다. 개울가에 담근 발이 깨끗하다.

2. 추천해 주신 노래들을 정말이지 잘 듣고 있습니다. 오늘의 노래를
하나만 선정한다는 원칙(혼자 정한 원칙)을 지키기가 참 어렵네요.

3. 동해안을 따라 내려온 하행 길이 마무리됐습니다. 내일은 부산에
서 국토종주 길을 타고 상행합니다.

Day 5. 반환점

노력을 정량화할 수 있을까. 140km를 탄다고 공표해 놓고 60km를 타는 난 노력을 덜 한 사람이 될까. 손바닥 뒤집듯 결정을 바꾸는 나는 틀린 사람일까. 당신의 주말은 그렇지 않기를 바란다. 그런 사람은 나 하나로 족하다.

*

눈을 뜬다. 몸이 천근만근이다. 침대에 푹 꺼진 채 한참을 천장만 바라본다. 그러다 든 생각. '아… 오늘 자전거 못 탈 것 같다.'

자전거 여행 5일 차, 여행의 반환점에 쉼을 주어야 했다. 하지만 어떤 이유에서인지 여행을 계획하던 9월 초의 나는 오늘 가장 무리한 일정을 꾸겨 넣었다. 꾸겨 넣은 게 맞다. 제일 지루하고 힘든 구간인 낙동강 하류를 하루 동안 147km 탈 수 있다고 생각했던 걸까. 정녕 그랬다면 지금이라도 수정해야 한다.

티머니 앱을 켜 실시간으로 차편을 확인한다. 근처 양산 터미널에서 동대구까지 가는 시외버스가 있다. 10:30 버스를 예매하고 모텔을 나선다. 20대에 국토종주를 완주했을 땐, 내가 체력이 좋고 끈기가 있는 사람이라고 생각했다. 그런데 아니다. 나는 그저 현대 문명에

기생하는 사람이다. 네이버 지도에 의지해 앞을 나아가고, 침대에
누워 버스표를 예약하고, 자전거로 나아가야 할 길을 자동차 엔진의
힘을 빌린다.

*

집에 가고 싶다. 혼자서 라이딩 하는 게 더는 즐겁지가 않다.

*

오늘의 거리: 66km (시작 09:35 / 종료 17:02)
오늘의 노래: 나상현씨밴드 – Love Love Love

Day 6. 가끔은 드러누워 하늘을 바라봐

허벅지가 화끈하다. 화끈하게 자전거를 타서가 아니라 볕에 오래 노출돼서다. 오늘은 정강이라도 보호하잔 의미로 나이키 양말을 길게 올려 신고 달린다. 동해안 길(바닷길) 80km와 국토종주 80km 라이딩은 달라도 너무 다르다. 전자의 길은 낙타 등처럼 굽은 길로, 10km만 페달을 밟아도 기진한 것에 반해 후자의 길에서 10km는 동네 마실 정도로 쉽다. 길이 곧게 뻗어있어 어려움이 없다.

오늘은 그런 길만을 달려서인지(심심함을 달래기 위해 빡세게 스퍼트를 내보기도 했다), 라이딩 일정 중 가장 이른 시각 숙소에 도착했다. 체크인 시간이 15시여서 다른 숙소처럼 17시나 18시에 맞춰 올 필요도 없었다. 오늘은 내일을 위해, 국토종주의 꽃이라 불리는 이화령을 넘기 위해 힘을 비축하기로 한다.

첫 이화령은 나에게 시련을 주었고, 5년 전 나는 그에 대한 복수(?)를 했다. 21살엔 고개를 넘어가며 끌바(자전거에서 내려 끌고 가는 것)를 했고, 26살엔 수 km가 넘는 오르막을 안장에서 내리지 않고 정상까지 올라갔다. 내일의 나는 어떨까. 한국인은 삼세판이라는데 이번 언덕길은 내게 어떤 시련을 줄까.

페달을 굴리며 떠오른 단상을 덧붙인다. (라이딩하며 음성 메모로

녹음하고 숙소에 도착해 텍스트화한다.)

1. 손바닥 지도로부터 자유로워져야 진짜 자유를 느낄 수 있다.

2. 가야 한다는 마음을 버려야 갈 수 있다. 도착해야 한다는 조바심을 버려야 도착할 수 있다. "출발하기 위해 출발하는" 전혜린처럼 길을 나서야 한다.

3. 여행은 지루함을 동반한다. 우리는 지루할 틈 없이 살아간다. 원래 길이란 이런 것인데, 시간이란 그런 것이고 생은 이러한 것인데, 우린 잠깐의 공백을 참지 못하고 지루함을 느낀다. 가짜 지루함을.

4. 혼자서 라이딩을 하다 보면 지칠 때 힘을 북돋아 주는 이 없고, 반대로 내가 힘을 북돋아 줄 이도 없다. 그래서 전력 질주할 이유도, 줄지어 달리며 앞사람을 추월하는 일도 없다. 혼자 가면 빨리 가고 함께 가면 멀리 간다는 말, 내가 느끼기엔 틀린 말이다. 혼자 가면 빨리 갈 수도 멀리 갈 수도 없다.

*

오늘의 거리: 81km (시작 08:45 / 종료 15:48)
오늘의 노래: 권나무 – LOVE IN CAMPUS

Day 7. 생각만큼 약하고, 생각보다 강하다

낙동강 상류를 따라 페달을 밟는다. 자전거길 가운데 비둘기가
모여있다. 가까워진 자전거에 새들이 잽싸게 달아난다. 그런데
수원에서 마주한, 소위 닭둘기라 불리는 비대한 몸집의 비둘기와는
달라 보인다. 제법 기민하다. 저들은 가벼운 날갯짓으로 하늘을 오래
날아다닌다. 그래, 몸이 무겁지 않을 때 마음이 가볍게 난다. 마음이
무겁지 않을 때 몸이 가볍게 난다.

우리나라 인구 중 51%가 수도권에 몰려 있다고 한다. 나는 무거운
도시에 살고 있다. 이따금 여행을 통해 가벼워지는 건 육중한 도심을
떠나와서일지도 모른다. 집안의 사물에는 슬픔이 서려 있다지만
내게 슬픔은 사람에게 있다. 나는 이 여행을 통해 사람들로부터
멀어지는, 무거운 기억으로부터 가벼워지는 시간을 보내고 있다.
누군가 다가온다면 비둘기처럼 휙 날아가 버리고 싶다.

경북과 충북을 잇는 이화령을 넘어간다. 5km가 넘는 고개를
지나는 동안 처음으로 인스타그램 라이브 방송을 켠다. 첫 라이브
알림에 호기심에 한 번 들어온 사람, 회사에서 몰래 틀어 놓은 사람,
라이딩을 신기하게 바라보는 사람들이 시청했다. 채팅창을 신경
쓰고 풍경을 보여주고자 노력하다 보니 금세 이화령 휴게소 정상에
도착했다. 어? 벌써 도착했다고? 이렇게 수월해도 되는 거야? 실은

별거 아닌데 어젯밤 지레 겁을 먹었던 걸까. 국토종주 중 가장 험준한 코스라는 이화령을 수월하게 올라온 게 나로서는 신기할 따름이다. 라이브 방송을 마무리해야 하는 데 머쓱하다. 당신들이 함께해 준 덕분에 쉽게 언덕을 올랐다는 말로 라이브를 종료한다.

내려가는 길은 온전히 나를 위해 즐긴다. 올라온 만큼의 내리막이 펼쳐진다. 브레이크 따윈 밟지 않는다. 속도감을 즐긴다. 페달을 굴리지 않아도 시속 30km이 훌쩍 넘는다. 가파른 경사가 스릴을 선사한다. 이화령이 끝인 줄 알았는데 아니다. 다시 나타난 언덕에 적잖이 당황한다. 소조령이란다. 종주 길을 가로지르는 백두대간을 넘으려면 두 개의 언덕을 넘어야 했다. 생의 언덕도 분명 하나는 아닐 테다.

오늘은 자전거 여행 중 가장 많은 거리를 달렸다. 그런데 생각보다 지치지 않았다. 부슬부슬 내리는 비도 오래된 친구처럼 반가웠다.

나는 생각만큼 약하고, 생각보다 강하다.

*

오늘의 거리: 122km (시작 07:52 / 종료 17:40)
오늘의 노래: 악뮤 – Love Lee, 후라이의 꿈

p.s.

1. 라이브 방송은 인스타그램(@readwithpoet) 영상 피드에서 다시 보실 수 있습니다.

2. 오늘의 노래는 두 곡입니다. 악뮤 노래를 연달아 들으며 내리막을 내려왔거든요. (이화령을 오를 땐 45분이 걸렸지만, 내려올 땐 고작 노래 두 곡이면 된다.)

Day 8. 선택

수원으로 돌아가는 버스 안이다.

모든 것이 터지고 말았다. 무릎도, 타이어도, 내 일정도.

어제 충주의 모 모텔에 체크인하는데, 그때부터 느낌이 싸했다.
지중해 스타일로 꾸며 놓았다는 노르웨이 수도 명의 모텔이었는데,
그 모순적인 작명에 웃음 지으며 카운터 문을 두들겼다. 사장은
내게 예약자 이름을 물었고, 나는 이택민 이라고, 여기어때로
예약했다고 답했다. 그는 키를 내어주며 1층 오른쪽으로 가면
된다고 안내한다.

네, 하고 자전거를 끌고 가는 날 저기요! 하며 신경질적으로 잡아
세운다. 왜 그러냐고 하자 방에 자전거를 가지고 들어갈 거냐고 한다.
현관문 앞에 세워둘 거라고 하자, 그럴 거면 왜 미니룸을 예약했냐는
거다. 이 방은 현관에 자전거를 들여놓으면 안 되냐고 묻자, "왜요?
자전거 훔쳐 갈까 봐? 여기 다 CCTV 있는데 뭘 그렇게 걱정해요?
저번엔 3000만 원짜리 자전거도 밖에 두고 그랬어요. 아아, 됐고.
마음대로 하세요." 그는 가장 저렴한 방을 예약한 나를 나무라듯
작은 창으로 고개를 내밀고 온 힘 다해 비아냥거린다.

"네. 안에 세워둘게요." 하고 방으로 쌩 들어왔는데, 룸은 담배

냄새가 진하게 배어있고 침구 매트리스는 눅눅하다. 화장실 불은
들어오지 않아 문을 통해 들어오는 작은 빛에 의지해 몸을 닦아야
했다. 자전거가 30만 원이든 300만 원이든 간에 자신의 물건이라면
모두 소중한 것인데, 어째서 값으로 가치를 (은근하고 교묘하게)
재단하는 걸까. 그럼 댁의 숙소 미니룸은 3만 원짜리 방이라서
이 모양 이 꼴인가요? 당신은 자전거 가격에 따라 투숙객을 대하는
태도가 변하나요?

*

저녁은 피맥이다. 숙소 근처 피자집에서 반반 피자를 포장하고
편의점 프로모션에 홀려 4캔에 7000원이라는 브루클린 라거를
사 왔다. 하지만 이화령을 넘고 종주 중 가장 긴 코스를 소화한
나는 2캔을 채 마시지 못하고 곯아떨어졌다.

눈을 떴을 땐 새벽 2시. 창문 너머로 빗소리가 소리가 들린다.
걱정이 앞선다. 내일 일정도 오늘만큼 만만치가 않은데…. 다시
잠에 든다. 4시에 또 깬다. 밖이 조용하다. 그래, 비만 오지 말아라.
우중 라이딩은 동해에서 많이 했다.

7시 알람이 울린다. 몸을 쉽게 일으키질 못한다. 눅눅한 방 컨디션에
비까지 내려 어젯밤 널어놓은 옷가지의 물기가 여전하다. 찝찝하지만

어쩌나, 체온으로 말리고 달리면서 바람으로 말려야지. 채비를
마치고 모텔 현관을 나서는데 비가 내리고 있다. 주섬주섬 우비를
꺼내 입는다. 포항에서 새로 산 편의점 고급 우비(무려 4500원)다.
체형에 맞게끔 가위로 잘라낸 기장이 마치 쇼트한 바람막이 같다.

투명 우비를 입고 빗길을 나선다. 페달을 한 바퀴 굴리는데 무릎이
이상하다. 왼쪽 무릎은 군대를 다녀오고 나서부터 비 오는 날 종종
아프긴 했는데, 통증이 있는 곳은 왼쪽이 아니라 오른쪽이다. 무릎
안쪽으로 무언가 걸리는 듯한 느낌이지만 계속 페달을 굴린다.
빗길 시내를 뚫고 충주 탄금대가 있는 자전거길로 들어서야 한다.
뭐, 타다 보면 괜찮아지겠지…. 나는 매번 이런 식이다.

그런데 웬걸, 타이어가 터졌다. 갑자기 요란한 소리가 나면서 바퀴
굴러가는 게 시원찮더니 엉덩이가 주저앉았다. 뒷바퀴가 터진 거다.
여행 8일 차, 몸도 자전거도 기력을 다했다. 오후까지 비가 내린다는
예보가 있고, 무릎은 점점 아파오고, 자전거 타이어는 터져버린
이 상황이 너무 현실적이라 웃음이 삐져나온다.

근처에 자전거 수리점은 보이지 않고, 가장 가까운 곳이라고 해봐야
아직 문을 열지도 않았다. 그런 내 앞에 충주 터미널이 보인다.
버스 시간을 확인해 보니 마침 9시에 수원행 차편이 있다. 참… 모든
상황이 집으로 돌아가라며 부추긴다. 터진 바퀴를 수리한다 한들

비 오는 날 저린 무릎으로 115km를 달릴 수 있을까. 아무래도 불가능이다. 저번처럼 다른 지역으로 점프해 라이딩을 이어갈 수도 없는 코스다. 망설일수록 탑승 시간은 촉박해진다. 그래, 돌아가자⋯. 급하게 표를 끊고 버스에 몸을 싣는다. 예상보다 이틀 빨리 수원으로 돌아가는 중이다.

*

오늘의 거리: 3km (시작 8:15 / 종료 08:48)
오늘의 노래: 디어클라우드 - 12

p.s.

1. 예기치 못한 일들의 연속으로 귀가를 선택했습니다. 열흘간 1000km를 달린다는 약속을 지키지 못해 죄송합니다. 연거푸 이슈가 터질진 여행하는 저로서도 예상하지 못했습니다. 그런 사건들이 찾아왔을 때, 지혜롭게 상황을 넘어가기엔 제가 아직 부족한가 봅니다. 넉넉한 마음으로 여행 8일 차 아침, 중도 하차를 선언하는 저를 양해해 주시길 바랍니다.

2. 하지만 남은 이틀 동안에도 문자를 보내드릴 예정입니다. 라이딩을 추억하는 글일 수도 있고, 일상을 보내는 글일 수도 있습니다. 종주는 끝났지만, 문자 서비스는 아직 끝나지 않았음을 알려드립니다.

Day 9. 여행이 내게 가르쳐 준 것들

아무 일이 없었던 듯 하루를 보냈습니다.

오늘 일어나 가장 먼저 한 일은 요가 에세이 개정증보판의
퇴고입니다. 사실 추석 연휴를 앞두고 있어 시간이 빠듯했었는데요.
인쇄소 대표님의 배려로 샌드위치 휴무 날까지 최종 파일을
전달하기로 하여, 자전거 여행을 편히 다녀올 수 있었습니다.
예기치 못하게 이틀의 시간이 주어졌으니 그 시간을 활용해
한 번이라도 윤문해 보자며 원고를 열심히 들여다봤습니다.

자전거 여행 중에는 아침에 눈을 떠도 몸이 찌뿌둥하지 않았는데
(제가 썼던 글들은 때로 엄살이었습니다), 집으로 돌아와 편하게
잠을 자고 일어나니 온몸이 쑤시는 게 신기하다면 신기합니다.
무언가에 제동을 걸 때 서서히 멈춰야 했을까요. 하기야, 요가에서
부동자세를 오래 취하고 난 뒤엔 충분한 시간을 할애해 동작에서
빠져나오곤 했었지요. 저는 일주일 동안 600km 넘게 달리고
단 몇 시간 만에 집으로 돌아왔습니다. 갑자기 일상으로 돌아온
저는 급정거한 자전거처럼 흔들릴 수밖에요. 휘청이지만 쓰러지지
않게 핸들을 꽉 잡아 봅니다.

이번 여행이 제게 가르쳐 준 것들이 있습니다. 끊어낼 용기와

포기해도 괜찮다는 위로입니다. 여행에서 배운 것들을 일상에서도 써먹는 중인데요. 10월 중순에 예약해 둔 오타루행 비행기 티켓을 취소했습니다. 마음의 여유가 없는 상태에서 떠나는 여행이, 그것이 아무리 4년 만에 떠나는 해외여행일지라도 제게 가져다줄 감흥은 없을 거라고 생각했습니다(갔으면 또 모를 일이지만요?).

또한 퇴고를 진행하며 불필요한 문장들을 아쉬워하지 않고 지워내고 있습니다. 위약금으로 18만 원을 물었는데, 문장 몇 줄쯤이야, 하는 생각으로요. 어렵지 않습니다. 되려 덜어내니 문장이 간결해지고 좋아 뵈네요. 독자분들에게도 부디 그러하길 바랄 뿐입니다.

또 하나. 여러 장르의 음악을 듣게 되었습니다. 자전거를 타는 동안 추천받은 노래들로 플레이리스트를 만들어 반복 재생했는데요. 실제 페달을 굴리는 시간과 플레이리스트 재생 시간이 얼추 맞아떨어지곤 했습니다. 첫날엔 아는 노래가 몇 없어 흥얼거리지 못했는데, 라이딩 4일 차가 넘어갈 땐 저도 모르게 곡마다 몇 구절씩 따라 부르고 있더군요.

눈치채셨지만 마지막에 적어낸 "오늘의 노래"는 추천받은 곡 중 그날 가장 인상 깊게 다가온 노래였습니다. 덕분에 일상으로 돌아온 오늘도 나상현씨밴드와 같은 인디 음악을 찾아 듣고 있습니다. 윤지영, 전기뱀장어, OurR, 김사월, 문없는집, 디어클라우드,

오프더메뉴, 신인류, 리도어, 이루리, 보수동쿨러, 이고도, 한로로와 같은 가수들의 노래입니다.

또 하나 더. 길지 않은 여행이었지만 저는 텍스트가 (많이) 그리웠습니다. 종이에 인쇄된 활자를 읽고 싶었습니다. 그래서 여행하며 종종 마주치는 문화재나 관광명소의 안내 글을 정독하곤 했었는데요. 오늘은 그 한을 대차게 풀었습니다. 하루키의 신작 《도시와 그 불확실한 벽》을 읽기 시작한 것입니다. 700장에 달하는 장편 소설인데, 다음 주에 있을 독서 모임에서 이야기 나누게 될 책이기도 합니다. 몇 장 넘기지 않았지만 흥미롭고 재밌습니다. 생각해 보니 벌써 10개월 차를 맞이한 독서 모임이네요. 잠깐의 일탈을 겪고 돌아오니 일상처럼 느껴졌던 모임 진행이 새삼스럽게 다가옵니다.

내일이면 긴 추석 연휴가 시작되는데요. 혹 연휴 기간, 여행을 계획하고 있다면 당신의 여행기도 자못 궁금해지네요. 당신의 여행은 당신에게 무얼 가르쳐 줄는지요. 모쪼록 풍요로운 한가위 보내시길 바랍니다.

*

오늘의 노래: 정재형 − Running

Day 10. 우리는 이제 각자의 삶에서

러닝 전 체중계에 올랐습니다. 몇백 킬로를 타고 돌아왔지만 매일 밤
마셔낸 술에 몸무게는 그대로더군요. 여행이란 행위도 마찬가지
아닐까 싶었습니다. 여행을 다녀왔다 하더라도 일상에 큰 변화가
없는 것처럼요. 그저 얼굴의 부기가 (조금) 빠지고 허벅지가 (살짝)
부풀어 오르고, 살면서 열어볼 추억 서랍이 (아주 많이) 늘어났음에
감사해야겠지요.

이제 와서 하는 이야기지만 실은 여행 이틀 차부터 포기하고
싶었습니다. 비 오는 날 라이딩은 정말 위험하거든요. 동해에서
부산으로 내려온 다음, 다시 충주까지 올라올 수 있었던 건 당신의
존재 덕분이었습니다. 당신에게 전할 문자 한 통, 그 하나 때문이라도
저는 달려야 했고, 일정을 마쳐야 했고, 도착해야 했으며 한 편의
글을 써야 했습니다. 열흘간의 자전거 여행에 동행해 주심에 다시
한번 감사드립니다.

자꾸만 허벅지가 따갑습니다. 피부는 점점 짙어지는 것 같고요.
제 살갗도 저처럼 여독을 겪고 있나 봅니다. 가을바람이 마치
동해에서 불어오는 바닷바람 같고, 가을볕이 마치 울산에서 내리쬐던
햇볕 같고, 러닝 하며 흘리는 땀이 충주에서 마지막으로 맞던
비 같달까요.

여행 하나로 삶이 변할 수 없다는 걸 이젠 압니다. 감히 "안다"고 말할 만큼 저는 지치고 메말라 있습니다. 책 한 구절에 삶 전체가 뒤흔들리고, 안필드를 찾아 생애 가장 큰 환호를 불렀던 날이 다시 오긴 할까요? 다시 올 수도, 다시는 오지 않을 수도 있습니다. 하지만 계속해서 여행길에 오르는 이유는 그곳에서 청춘을 찾을 수 있다는 희망 때문 아닐까요.

저의 여행과 여행기는 오늘부로 마무리되지만, 저희 삶은 앞으로도 멈추지 않고 계속될 테지요. 서로 안부를 전하진 못하더라도 오늘의 연으로 저희는 함께 할 것입니다. 이 시간이 그리워지는 날, 저는 멜론에 저장된 '타기 좋은 날씨' 플레이리스트를 틀 것만 같습니다.

*

오늘의 노래: 김동률 – 황금가면

p.s.

자전거 여행에서 돌아왔다. 예전 같았으면 블로그에 끼적일 글들을 문자 구독 서비스로 진행했다. 약속한 것을 지키지 못하고 이틀 일찍 복귀했으니, 여행으로 치자면 나는 실패자고 중도 하차자다. 그런데 삶으로 보자면 포기할 용기를 지닌 자이고, 끊어낼 힘을 배운 자가 되었다. 이번 여행을 통해 알게 된 점은 나라는 사람이 생각만큼 약하고, 생각보다 강하다는 것이다. 힘들다 힘들다 하면 정말 힘들어졌고, 그 마음을 이겨냈을 땐 제법 가볍게 자전거를 타고 있는 나를 발견할 수 있었다. 단계를 넘어설 수 있음에도 스스로 제약을 걸었던 건 다름 아닌 나 자신이었다. 비단 페달을 굴리는 일에 국한되지 않을 거다. 여행이 가르쳐 준 것들을 일상 속에 녹여볼 일이 남아있다.

나는 어떤 시월을 맞이할 것인가. 붉게 탄 허벅지가 제 색을 찾을 때쯤 나는 어떤 사람이 되어 있을까. 전투적으로 달리지 않고 풍광을 즐기며 페달을 굴린 시절을 기억한다. 폭우가 쏟아져도 낙담하지 않고 담담히 우비를 꺼내 입은 어제를 떠올린다. 나를 멈추게 하는 건 날씨도, 상황도, 사람도 아니다. '나를 멈추게 하는 건 나다. 나를 멈출 수 있는 것도 나다.' 이 둘에는 큰 차이가 있어 보인다. 핑계는 더 이상 통하지 않는다. 체념 아닌 수용이 필요한 때이다.

플레이리스트

데이브레이크 – 좋다

Rascal Flatts – Life is a Highway

Sampha – spirit 2.0

유희열 – 여름날

권진아 – 꿈꾸는 대로

정재형 – Running

유태 – 여름열차

Olivia Dean – Dive

자전거 탄 풍경 – 너에게 난, 나에게 넌

THAMA, Jayci yucca – 떠나

권나무 – LOVE IN CAMPUS

The Stranglers – Golden Brown

김현창 – 아침만 남겨주고

레드벨벳 – 멋있게

Zachary Knowles – carpool

악뮤 – 후라이의 꿈

가을방학 – 속아도 꿈결

오왠 – 그림

FT아일랜드 – 너를 사랑해

신형원 – 터

Ellegarden – Salamander

소녀시대 태티서 – Stay

이무진 – Slainte!

정재형 – Running

금잔디 – 오라버니

Queen – Don't Stop Me Now

Berhana – I Been

Keane – Somewhere Only We Know

조용필 – Bounce

폴킴 – 휴가

Sakamoto Ryuichi – koko

에이티즈 – UTOPIA

PL - MALIBU

악뮤 - Love Lee

Foster The People - Houdini

백예린 - Popo

르세라핌 - 이브, 프시케 그리고 푸른 수염의 아내

Ellie Goulding - Love Me Like You Do

제이레빗 - Happy Things

김동률 - 황금가면

최유리 - 방황하는 젊음

얀 - 가세요... 갈게요

Cigarette After Sex - K.

윤딴딴 - 니가 보고싶은 밤

밍기뉴 - 라일락 꽃: 첫 사랑, 젊은 날의 추억

온유 - No Parachute

나상현씨밴드 - Love Love Love

잔나비 - 투게더!

송창식 - 고래사냥

카더가든 - 네 번의 여름

문없는집 - Colors of

디어클라우드 - 12

5 Seconds of Summer - High

10cm - 그라데이션

잔나비 - 조이풀 조이풀

Cian Ducrot - Heaven

잔나비 - 외딴섬 로맨틱

BLACKPINK - Kill This Love

백예린 - Square

The Volunteers - Violet

폴킴 - HOLIDAY

Rachael Yamagata - Duet

적재 - 바람

김동률 - 출발

타기 좋은 날씨

ⓒ 이택민 2024

초판 1쇄 발행　　2024년 10월 13일

지은이　　　　　이택민
펴낸이　　　　　이택민
디자인　　　　　선영

펴낸곳　　　　　책편사
등록번호　　　　제2020-000027호
이메일　　　　　chaekpyunsa@gmail.com
인스타그램　　　@chaekpyunsa

ISBN 979-11-971216-5-4 (13810)

이 책은 2023년 9월 19일부터 28일까지 문자 구독 서비스(MMS)를 통해 연재된 자전거 국토일주 여행기로 만들어졌습니다.